AF349525

LES DEUX PIERROTS

PANTOMIME

Règlée par MM. PIERROT, ARLEQUIN, COLOMBINE, CASSANDRE et POLICHINELLE,

AVEC

PROLOGUE ET ÉPILOGUE

DE M. CHAMPFLEURY,

REPRÉSENTÉE LE 2 ET 4 MARS 1851,

Aux Galeries des Associations des Peintres et des Musiciens, boulevart Bonne-Nouvelle.

PARIS.

IMPRIMERIE DE JULES-JUTEAU ET C., RUE SAINT-DENIS, 345.

PERSONNAGES.

—

CASSANDRE,

ARLEQUIN, amoureux de Colombine.

POLICHINELLE.

PIERROT, domestique d'Arlequin.

PIERROT, id. de Polichinelle.

Mlle **COLOMBINE**.

LA FÉE.

La Scène se passe où il vous plaira.

PROLOGUE.

LA FÉE.

« Les amours d'Arlequin et de Colombine sont le pré-
texte de la pièce nouvelle.

Polichinelle est le rival d'Arlequin.

Arlequin est le rival de Polichinelle.

Des combats sans fin vont s'engager pour obtenir la
main de Colombine.

Ici est le lieu du combat.

Rien ne sera caché, ni leurs vices, ni leurs vertus.

Tous nos personnages vivent en plein soleil.

Vous les verrez manger et boire sur la place publique.

Vous les entendrez discuter leurs plus chers intérêts
dans la langue qui leur est particulière. »

Ainsi parla la Fée, et sur un signe de sa baguette
entre Cassandre.

« Celui-ci, dit la Fée, est Cassandre, le plus vertueux
des mortels, aimant trop l'argent. La fatalité veut que

ce pêché capital lui soit constamment reproché sous les apparences de nombreux coups de bâton. »

La Fée les appelle tous les uns après l'autre et les peint d'un trait :

« Mademoiselle Colombine, fille de Cassandre, le plus vertueux des mortels. Aimable personne, elle aime à rire et à danser, elle est peut-être un peu légère, mais elle se corrigera en ménage. »

Après Colombine vient Arlequin.

Arlequin, jeune et beau, dit la Fée, va chercher à mériter la main de mademoiselle Colombine. La suite de l'ouvrage montrera s'il en est digne. »

Polichinelle paraît avec des bosses.

« Voici le gai Polichinelle ; il est encore endormi, mais il n'aura pas l'œil ouvert qu'il sera ivre. C'est de la faute de sa nourrice qui lui a donné à têter le goulot d'une bouteille. Il est joueur comme les cartes et tranche par ses manières bruyantes avec l'amabilité de son rival Arlequin. »

Sur un signe de la Fée les deux Pierrots s'avancent :

Vous reconnaissez les deux gentils Pierrots : sans eux la pièce boîte et ne marche qu'avec des béquilles. Je ne vous ferai pas leur éloge, tous ceux qui sont ici en pensent plus de bien que je ne saurai en dire. Mais je vous préviens que l'un est domestique d'Arlequin ; l'autre, de Polichinelle. Ils ont apporté leur grand sac de malices, et ils ne vous montreront que les plus jolies. »

Pendant ce discours Arlequin, les Pierrots, Colombine, Cassandre et Polichinelle restent calmes et immobiles. Ils semblent de bois, le sang ne coule pas dans leurs veines. Mystère et sommeil! Mort apparente! Léthargie et insensibilité! ils n'attendent plus que les conjurations de la Pythonisse, en robe à paillettes d'or, mais l'oracle va sortir sous la forme d'une prose imagée.

————

« Eternels coups de bâton !
« Immortels coups de pieds qui remplacez la parole!
« Ne restez jamais une minute endormis !
« Qu'une pluie de soufflets sonne comme les cloches!
« Que la batte d'Arlequin s'éveille!

« Que ces éléments de comique puissant qui n'aura pas de fin, remplissent aujourd'hui les esprits d'une folle gaîté ! »

————

A peine la Fée a-t-elle fini de parler, qu'un trémoussement s'empare de tous les membres de chacun de ces êtres. Cassandre est assommé dès le premier mot. Colombine danse sans prendre garde aux accidents soufferts par son père ; Arlequin gambade ; Polichinelle crie de toute ses forces avec sa voix de ferblanc, et les soufflets sont renvoyés comme par des raquettes. C'est ainsi que les personnages de la pantomime annoncent

leur vitalité ; et aussitôt les mauvais instincts dressent la tête.

— — —

Sainte-Poltronnerie,
Sainte-Gourmandise,
Sainte-Avarice,
Sainte-Bouteille,
Sainte-Légèreté.

Ayez pitié de Pierrot , de Polichinelle , de mademoiselle Colombine et de Cassandre , le plus vertueux des mortels !

Cassandre ne veut marier sa fille qu'à un épouseur qui apporte une grosse dot. Arlequin n'a pour dot que son amour , et son masque noir et son joli costume qui scintille comme les étoiles. Cassandre trouve qu'une pièce de cent sous sonne mieux que la plus tendre déclaration d'amour ; d'ailleurs il ne comprend pas qu'avec une bourse aussi plate que celle d'Arlequin , on s'avise d'entretenir des domestiques à gages, comme Pierrot, un être qui a un robuste appétit.

Mais l'appétit de Pierrot ne coûte pas bien cher à Arlequin ; si la gueule de Pierrot est toujours enfarinée, c'est aux dépens des voisins, aux dépens des étalages, aux dépens des garçons qui passent la corbeille sur la tête de la nourriture dans la corbeille, et qui n'ont pas traversé la place publique que la corbeille s'est vidée dans l'estomac de Pierrot. Pierrot ne revient pas cher à Arle-

quin; il se nourrit juste comme les chiens qui entrent
chez le boucher, sans saluer, et qui emportent un gigot
en évitant le comptoir.

Au contraire, comme je l'ai montré dans **Pierrot
marquis,** Polichinelle a des trésors considérables cachés
dans ses bosses. Ses bosses ne sont pas des bosses, mais
bien des sacs d'écus qu'il dissimulait sous les apparences
d'une infirmité. Polichinelle aimait mieux passer pour
contrefait que de dépenser son argent. Dans ce pays-là
l'argent fait oublier toutes sortes de maladies; quand
Polichinelle secoue ses écus dans sa poche, Cassandre
le trouve plus droit qu'un i. Il peut entrer ivre et zig-
zaguer comme des éclairs sur des nuages sombres, Cassandre dit qu'il se tient on ne peut mieux en société;
sa voix de ferblanc lui parait aussi douce que la chanson du rossignol, tant est grande la puissance de l'argent aux yeux d'un père avare.

Mais mademoiselle Colombine ne voit pas les choses
du même œil. Elle dit que des bosses servent évidem-
ment à préserver le nez de Polichinelle quand il tombe,
mais que ce sont des bosses. Elle ajoute que deux bosses
enlèvent l'esprit que Polichinelle pouvait avoir, car ce
n'est plus un bossu, mais deux bossus. Elle aimerait
mieux entendre toute sa vie la monotone chanson des
grillons et rester fille, que cette voix bruyante et métal-
lique de Polichinelle. Elle ajoute qu'il sent le vin à dix
pas et qu'elle aimerait mieux épouser un tonneau. Cassandre est bien forcé d'entendre les louanges d'Arlequin

si tendre, si doux, si complaisant, qui n'a jamais manqué d'apporter un bouquet chaque matin, aussitôt que le jour paraît. Et comme il danse ! Toutes les filles sont jalouses de son bonheur ! Cassandre répond que Polichinelle ne danse pas mal non plus.

———

Tout le monde se moque de lui, son domestique Pierrot le premier, dit Colombine. « Que penser d'un homme qui ne sait pas inspirer de respect à son domestique ! à tout moment Polichinelle est battu, volé, ravagé par Pierrot. S'il sort de chez lui il ne manquera pas de trouver à sa porte, Pierrot, qui le fera rouler à terre. — Ne vas-tu pas défendre le domestique d'Arlequin, s'écrie Cassandre ? — Non, dit Colombine : ils ne valent pas mieux l'un que l'autre ; ils s'entendent pour voler leurs maîtres et pour faire mille tours pendables á ceux qui approchent de leurs maîtres. Quand ils sont à bout de faire des tours aux autres, ils s'en font à eux-mêmes pour s'entretenir la main.

———

Il est de fait que la semaine passée, Pierrot, le dodomestique d'Arlequin, avait volé au marché le panier d'une cuisinière, pendant qu'elle marchandait un poisson. Il s'était caché dans un coin de la place, afin de mieux gloutonner toute la nourriture du panier. C'était considérable : un fort pâté, plusieurs bouteilles d'un vin généreux, un poulet rôti tout chaud, sortant du four du rôtisseur, des gâteaux délicats qu'on attendait pour la fin du repas ; Pierrot, le domestique de Polichinelle, arrivait de son côté avec une maraude au moins égale. En achetant un goujon frit, il avait escamoté un saumon ; la nuit, il avait percé un trou dans la bosse de Polichinelle, et il en était coulé quelques vieilles pièces d'or. Ces pièces d'or s'étaient changées en mille gourmandises, et il entrait aussi avec un plein panier rempli de victuailles. Au lieu de manger chacun de son côté, au lieu de partager en frères, les deux domestiques se jalousèrent, reniflèrent les fumets de chacun des paniers, et ne cherchèrent plus qu'à tâcher de s'approprier, l'un le panier de l'autre, l'autre le panier de l'un. Qu'arriva-t-il ? Leurs friponneries se combattirent, et Arlequin profita des discussions provoquées par la gueule, pour s'approprier les repas des deux méchants drôles.

———

Il y a huit jours, Pierrot décrocha une fenêtre afin de se regarder dans le carreau qui miroite, et qu'il pensait lui servir à faire sa barbe. Il avait à peine pris un rasoir, que son confrère Pierrot, qui lui ressemble à s'y méprendre, entrait dans la même intention de se raser. Ils se voyaient, chacun de son côté, à travers la glace, et se prenaient chacun pour le reflet de la glace. Bizarre aventure !

———

Quand Pierrot, Arlequin, Polichinelle et Cassandre se sont livrés pendant une heure à des extravagances, à des courses inusitées dans la société bourgeoise, à des combats qui seraient mal vus dans le monde, la *Fée* entre. La parole lui a été donnée pour constater son essence supérieure :

« Colombine et Arlequin, dit-elle, vos noces vont
» commencer.

» C'est ainsi que finit la pièce.

» Aussitôt la toile baissée, ce sera à recommencer.

» Polichinelle boira comme un trou.

» Cassandre recevra des coups de bâton.

» Arlequin continuera à poursuivre Colombine.

» Les Pierrots vont mettre de côté leur masque blanc pour le reprendre ce soir.

» Demain, après demain, dans huit jours, dans six mois, dans cinquante ans, on jouera toujours la même pantomime sous d'autres titres, les coups de pied ne varieront pas d'une semelle, les soufflets résonneront à l'oreille du spectateur attendri. Il n'y aura que les bâtons usés sur les épaules de Cassandre qu'on remplacera par d'autres bâtons.

» Ne pensez pas à l'auteur, mais n'oubliez pas la compagnie des acteurs qui s'est donnée beaucoup de pour vous faire jouir d'un moment d'allégresse. »